__________에게

____

____________________ 마음을 담아

__________ 드림

너를 만나는 시 1

내가 네 이름을 부를 때

창 비
청소년
시 선
21

너를 만나는 시 1

내가 네 이름을 부를 때

함민복·김태은·육기엽 엮음

창비

차례

| 제1부 | 간격과 간격이 모이면

| 제2부 | 당신의 얼굴을 바라보는 일

| 제3부 | 사방이 황량한 사람

| 제4부 | 이 하루도 함께 지났다고

일러두기

- 이 책은 2019년 출간된 초판에서 일부 내용을 수정한 개정판입니다.

| 제1부 |

간격과 간격이 모이면

처음

곽재구

두 마리 반딧불이 나란히 날아간다
둘의 사이가 좁혀지지도 않고
말소리가 들리지도 않고
궁둥이에 붙은 초록색과 잇꽃색의 불만 계속 깜박인다
꽃 핀 떨기나무 숲을 지나 호숫가 마을에 이른 뒤에야
알았다
아, 처음 만났구나

가족의 시작

김주대

여자가 아기의 말랑한 뼈와 살을 통째로 안고
산후조리원 정문을 나온다 아직
아기의 호흡이 여자의 더운 숨에 그대로 붙어 있다
빈틈없는 둘 사이에 끼어든 사내가
검지로 아기의 손을 조심스럽게 건드려 본다
아기의 잠든 손이 사내의 굵은 손가락을
가만히 움켜쥔다

닮음

김미희

고슴도치가
선인장을 만나 하는 말
나는 동물 선인장이야

선인장이
고슴도치를 만나 하는 말
나는 식물 고슴도치야

가시로 톡톡 치며 주고받는 말
친척끼리 친하게 지내자!

이기주의

반칠환

'나는 너, 너는 나
우리는 한 몸이란다'
설법을 듣고 난 동승이 말했다
'알았어요. 하지만 내가 스님일 때보다
스님이 나일 때가 많았으면 좋겠어요'

견주,라는 말

김선우

주인 없는 개,라는 말을 들을 때 슬프다.
주인이 없어서 슬픈 게 아니라
주인이 있다고 믿어져서 슬프다.

개의 주인은 개일 뿐인 거지.
개와 함께 사는 당신은 개의 친구가 될 수 있을 뿐인 거지.

이 개의 주인이 누구냐고요?
그야 개, 아닐는지?

이 개가 스스로의 주인이 될 수 있게 해 주는 사람이라면
사랑을 아는 좀 멋진 절친쯤 될 수 있겠소만.

식구

유병록

매일 함께하는 식구들 얼굴에서
삼시 세끼 대하는 밥상머리에 둘러앉아
때마다 비슷한 변변찮은 반찬에서
새로이 찾아내는 맛이 있다

간장에 절인 깻잎 젓가락으로 집는데
두 장이 달라붙어 떨어지지 않아
다시금 놓자니 눈치가 보이고
한 번에 먹자 하니 입속이 먼저 짜고
이러지도 저러지도 못하는데
나머지 한 장을 떼 내어 주려고
젓가락 몇 쌍이 한꺼번에 달려든다

이런 게 식구이겠거니
짜지도 싱겁지도 않은
내 식구들의 얼굴이겠거니

키

유안진

부끄럽게도
여태껏 나는
자신만을 위하여 울어 왔습니다

아직도
가장 아픈 속울음은
언제나 나 자신을 위하여
터져 나오니

얼마나 더 나이 먹어야
마음은 자라고
마음의 키가 얼마나 자라야
남의 몫도 울게 될까요

삶이 아파 설운 날에도
나 외엔 볼 수 없는 눈
삶이 기뻐 웃는 때에도
내 웃음소리만 들리는 귀

내 마음 난장인 줄
미처 몰랐습니다
부끄럽고 부끄럽습니다.

산골 아이 구륜이 3

서정홍

구륜이는 올해 열세 살입니다
산골에서 태어나
닭도 키우고 소도 키우고
혼자 산에 가서 나무도 하고
농사지으며 살고 있으니
농사 나이로 열세 살입니다

나는 도시에서 태어나
도시에서 살다가
십 년 전에 산골에 들어와
농사지으며 살고 있으니
농사 나이로 열 살입니다

하루 땡볕이 무섭다고
농사 나이로 삼 년 선배인 구륜이는
괭이질도 삽질도 나보다 훨씬 잘합니다

오늘 낮에 찾아온 수녀님이

삼 년 선배에게 물었습니다
— 구륜아, 흙과 친해지려면
어쩌면 좋니?
삼 년 선배는 아무것도 아니라는 듯이
바로 대답합니다

— 수녀님, 신발 벗고요
맨발로 걸으면 금방 친해져요

이렇게 친절하게
도움말도 곧잘 할 줄 아는 구륜이는
삼 년 선배이자 스승입니다

꽃

김춘수

내가 그의 이름을 불러 주기 전에는
그는 다만
하나의 몸짓에 지나지 않았다.

내가 그의 이름을 불러 주었을 때
그는 나에게로 와서
꽃이 되었다.

내가 그의 이름을 불러 준 것처럼
나의 이 빛깔과 향기에 알맞는
누가 나의 이름을 불러 다오.
그에게로 가서 나도
그의 꽃이 되고 싶다.

우리들은 모두
무엇이 되고 싶다.
너는 나에게 나는 너에게
잊혀지지 않는 하나의 의미가 되고 싶다.

풀꽃 1

나태주

자세히 보아야
예쁘다

오래 보아야
사랑스럽다

너도 그렇다.

어쩜 우린

이장근

가장 가깝게
가장 멀구나
우린
등을 맞대고 있기에
서로 반대쪽을 보고 있다고
모두 적은 아니지
등으로 전해지는
뜨거움과 꿈틀거림
너도 참 치열하게 사는구나
어쩜 우린
한편일지도 몰라
우리를 포위하고 있는 세상에 맞서
서로의 등 뒤를 막아 주고 있다고

간격

안도현

숲을 멀리서 바라보고 있을 때는 몰랐다
나무와 나무가 모여
어깨와 어깨를 대고
숲을 이루는 줄 알았다
나무와 나무 사이
넓거나 좁은 간격이 있다는 걸
생각하지 못했다
벌어질 대로 최대한 벌어진,
한데 붙으면 도저히 안 되는,
기어이 떨어져 서 있어야 하는,
나무와 나무 사이
그 간격과 간격이 모여
울울창창(鬱鬱蒼蒼) 숲을 이룬다는 것을
산불이 휩쓸고 지나간
숲에 들어가 보고서야 알았다

남(南)으로 창(窓)을 내겠소

김상용

남(南)으로 창(窓)을 내겠소.
밭이 한참갈이
괭이로 파고
호미론 김을 매지요.

구름이 꼬인다 갈 리 있소
새 노래는 공으로 들으랴오
강냉이가 익걸랑
함께 와 자셔도 좋소.

왜 사냐건
웃지요.

최후(最後)

이상

사과한알이떨어졌다. 지구(地球)는부서질그런정도(程度)로아펐다. 최후(最後).

이미여하(如何)한정신(精神)도발아(發芽)하지아니한다.

| 제2부 |

당신의 얼굴을 바라보는 일

소년(少年)

윤동주

여기저기서 단풍잎 같은 슬픈 가을이 뚝뚝 떨어진다. 단풍잎 떨어져 나온 자리마다 봄을 마련해 놓고 나뭇가지 위에 하늘이 펼쳐 있다. 가만히 하늘을 들여다보려면 눈썹에 파란 물감이 든다. 두 손으로 따뜻한 볼을 쓸어 보면 손바닥에도 파란 물감이 묻어난다. 다시 손바닥을 들여다본다. 손금에는 맑은 강물이 흐르고, 맑은 강물이 흐르고, 강물 속에는 사랑처럼 슬픈 얼굴—아름다운 순이(順伊)의 얼굴이 어린다. 소년(少年)은 황홀히 눈을 감아 본다. 그래도 맑은 강물은 흘러 사랑처럼 슬픈 얼굴—아름다운 순이의 얼굴은 어린다.

그대에게 물 한잔

박철

우리가 기쁜 일이 한두 가지이겠냐마는
그중의 제일은
맑은 물 한잔 마시는 일
맑은 물 한잔 따라 주는 일
그리고
당신의 얼굴을 바라보는 일

호수(湖水) 1

정지용

얼굴 하나야
손바닥 둘로
폭 가리지만,

보고 싶은 마음
호수(湖水)만 하니
눈 감을 밖에.

어덕에 누워

김영랑

어덕에 누워 바다를 보면
빛나는 잔물결 헤일 수 없지만
눈만 감으면 떠오는 얼굴
뵈올 적마다 꼭 한 분이구료

두 친구

조향미

늘 가래 걸린 듯 탁한 목소리에
어리숙한 언행으로 좀 따돌려지는 경숙이
왜소증인지 또래들 허리만 한 키에
송아지처럼 순한 눈만 커다란 은영이
수업 시간엔 폭 파묻혀 눈에 한번 안 띄더니
여름방학 가까운 날 오랜 장마 지루한 날
두 손 꼭 잡고 활짝 웃으며 복도를 지나는데
재잘재잘 얘기 소리도 즐겁다
팔랑팔랑 날아든 노란 나비처럼
눅눅한 허공이 화안해진다
자리도 멀리 떨어진 두 아이
저렇게 도란도란 손잡기까지
얼마나 오래 서로를 바라보았을까
서로를 향해 아무도 모르게 뻗어 갔을
견사처럼 고운 그 아이들 시선

첫사랑

고영민

바람이 몹시 불던
어느 봄날 저녁이었다

그녀의 집 대문 앞에
빈 스티로폼 박스가
바람에 이리저리 뒹굴고 있었다

밤새 그리 뒹굴 것 같아
커다란 돌멩이 하나 주워 와
그 안에
넣어 주었다

아버지와 나

박목월

아버지는
마차에 타고
말은
내가 몬다,
끌, 끌, 끌,

말은 웃으며
두 눈
부릅뜨고
힝 힝 하지만
끌, 끌, 끌,

아버지는
십 리 길 졸고
말은
내가 몬다,
끌, 끌, 끌.

괄호

문정희

안으로
울타리 치고 살아
답답하다 하겠지만
그래도 우리끼리
마음 읽을 수 있어
참 행복해

얽히고설키어도
삶은 원래 구체적인지라
어딘가 닮은 사람끼리
속으로 꼭 끌어안고 사는 것도
새콤한 일 아닌가요

다정에 바치네

김경미

당신이라는 수면 위
얇게 물수제비나 뜨는 지천의 돌 조각이란 생각
성근 시침질에 실과 옷감이나 당겨 우는 치맛단이란 생각
물컵 속 반 넘게 무릎이나 꺾인 나무젓가락이란 생각
길게 미끄러져 버린 검정 미역 줄기란 생각

그러다
봄 저녁에 듣는 간절한 한마디

저 연보랏빛 산벚꽃 산벚꽃들 아래
언제고 언제까지고 또 만나자

온통 세상의 중심이게 하는

농담

이문재

문득 아름다운 것과 마주쳤을 때
지금 곁에 있으면 얼마나 좋을까 하고
떠오르는 얼굴이 있다면 그대는
사랑하고 있는 것이다

그윽한 풍경이나
제대로 맛을 낸 음식 앞에서
아무도 생각하지 않는 사람
그 사람은 정말 강하거나
아니면 진짜 외로운 사람이다

종소리를 더 멀리 내보내기 위하여
종은 더 아파야 한다

내 머릿속에

채호기

당신을 내 머릿속에 집어넣었어요.
처음에는 아귀가 맞지 않아 덜그럭거렸지만
이제는, 당신, 내 눈으로 보고
내 귀로 듣고 내 입으로 말합니다.

내 눈으로 본 것은, 아니 당신이 본 거죠.
당신 귀로 듣는 것이, 아니 내가 듣는 것이죠.
당신이, 아니, 내가, 아니, 당신이……

내 머릿속에 당신이 들어간 걸까요?

당신 머릿속으로 내가 들어갔어요.
처음에는 아귀가 맞지 않아 덜그럭거렸지만
이제는 당신이 나입니다

그렇지만 나는 더 이상 없으며 당신도 이미 없습니다.

가을밤

조용미

마늘과 꿀을 유리병 속에 넣어 가두어 두었다 두 해가 지나도록 깜박 잊었다 한 숟가락 뜨니 마늘도 꿀도 아니다 마늘이고 꿀이다

당신도 저렇게 오래 내 속에 갇혀 있었으니 형과 질이 변했겠다

마늘에 연(緣)하고 꿀에 연하고 시간에 연하고 동그란 유리병에 둘러싸여 마늘꿀절임이 된 것처럼

내 속의 당신은 참 당신이 아닐 것이다 변해 버린 맛이 묘하다

또 한 숟가락 나의 손과 발을 따뜻하게 해 줄 마늘꿀절임 같은 당신을,

가을밤은 맑고 깊어서 방 안에 연못 물 얇아지는 소리가 다 들어앉는다

성탄제(聖誕祭)

김종길

어두운 방 안엔
바알간 숯불이 피고,
외로이 늙으신 할머니가
애처로이 잦아지는 어린 목숨을 지키고 계시었다.

이윽고 눈 속을
아버지가 약(藥)을 가지고 돌아오시었다.

아 아버지가 눈을 헤치고 따오신
그 붉은 산수유(山茱萸) 열매—

나는 한 마리 어린 짐승,
젊은 아버지의 서느런 옷자락에
열(熱)로 상기한 볼을 말없이 부비는 것이었다.

이따금 뒷문을 눈이 치고 있었다.
그날 밤이 어쩌면 성탄제(聖誕祭)의 밤이었을지도 모른다.

어느새 나도
그때의 아버지만큼 나이를 먹었다.

옛것이란 거의 찾아볼 길 없는
성탄제 가까운 도시(都市)에는
이제 반가운 그 옛날의 것이 내리는데,

서러운 서른 살 나의 이마에
불현듯 아버지의 서느런 옷자락을 느끼는 것은,

눈 속에 따오신 산수유 붉은 알알이
아직도 내 혈액(血液) 속에 녹아 흐르는 까닭일까.

흰둥이 생각

손택수

손을 내밀면 연하고 보드라운 혀로 손등이며 볼을 쓰윽, 쓱 핥아 주며 간지럼을 태우던 흰둥이. 보신탕감으로 내다 팔아야겠다고, 어머니가 앓아누우신 아버지의 약봉지를 세던 밤. 나는 아무도 몰래 대문을 열고 나가 흰둥이 목에 걸린 쇠줄을 풀어 주고 말았다. 어서 도망가라, 멀리멀리, 자꾸 뒤돌아보는 녀석을 향해 돌팔매질을 하며 아버지의 약값 때문에 밤새 가슴이 무거웠다. 다음 날 아침 멀리 달아났으리라 믿었던 흰둥이가 아무 일도 없었다는 듯이 돌아와서 그날따라 푸짐하게 나온 밥그릇을 바닥까지 다디달게 핥고 있는 걸 보았을 때, 어린 나는 그예 꾹 참고 있던 울음보를 터뜨리고 말았는데

흰둥이는 그런 나를 다만 젖은 눈빛으로 핥아 주는 것이었다. 개장수의 오토바이에 끌려가면서 쓰윽, 쓱 혀보다 더 축축이 젖은 눈빛으로 핥아 주고만 있는 것이었다.

| 제3부 |

사방이 황량한 사람

수선화에게

정호승

울지 마라
외로우니까 사람이다
살아간다는 것은 외로움을 견디는 일이다
공연히 오지 않는 전화를 기다리지 마라
눈이 오면 눈길을 걸어가고
비가 오면 빗길을 걸어가라
갈대숲에서 가슴검은도요새도 너를 보고 있다
가끔은 하느님도 외로워서 눈물을 흘리신다
새들이 나뭇가지에 앉아 있는 것도 외로움 때문이고
네가 물가에 앉아 있는 것도 외로움 때문이다
산 그림자도 외로워서 하루에 한 번씩 마을로 내려온다
종소리도 외로워서 울려 퍼진다

사람 없는 집 2

길상호

문패만 걸려 있는 집이 있다
바람 찾아와 두드리면 삐이걱
아픈 몸을 열어 주는,
사람이 살지 않는 그 집에서
풀들만 어지럽다 흙벽 틈새까지
뿌리박은 풀잎은 싱싱하다 그래
이름만 걸고 사는 사람은 가라
음지 양지 푸르게 덮어 놓을 것이니
사랑 없는 사람은 가라
그러나 구석마다 늘어진 거미줄
황량함이 자꾸 걸려든다
가끔 풀잎 사이 냉이꽃 피어 있어도
소리 없는 풍경은 쓸쓸하다
울음과 웃음 뒤엉켜
왁자지껄 노래하는 사람 없을까
사람 없는 집에서 문패를 보며
떠나간 이름이 몹시 그립다

새들이 조용할 때

김용택

어제는 많이 보고 싶었답니다.

그립고, 그리고

바람이 불었지요.

하얗게 뒤집어진 참나무 이파리들이

강기슭이 환하게

산을 넘어왔습니다.

당신을 사랑했지요.

평생을 가지고 내게 오던 그 고운 손길이

내 등 뒤로 돌아올 때

풀밭을 보았지요.

풀이 되어 바람 위에 눕고

꽃잎처럼 날아가는 바람을 붙잡았지요.

사랑이 시작되고

사랑이 이루어지기까지

그리고 사랑하기까지

내가 머문 마을에

날 저물면

강가에 앉아 나를 들여다보고

날이 새면
강물을 따라 한없이 걸었지요.
사랑한다고 말할까요.
바람이 부는데
사랑한다고 전할까요.
해는 지는데
새들이 조용할 때
물을 보고
산을 보고
나무를 보고, 그리고
당신이 한없이 그리웠습니다.
사랑은
어제처럼
또 오늘입니다.
여울은 깊이를 알 수 없는 강물을 만들고
오늘도 강가에 나앉아
나는 내 젖은 발을 들여다봅니다.

은수저

김광균

산이 저문다.
노을이 잠긴다.
저녁 밥상에 애기가 없다.
애기 앉던 방석에 한 쌍의 은수저
은수저 끝에 눈물이 고인다.

한밤중에 바람이 분다.
바람 속에서 애기가 웃는다.
애기는 방 속을 디려다본다.
들창을 열었다 다시 닫는다.

먼— 들길을 애기가 간다.
맨발 벗은 애기가 울면서 간다.
불러도 대답이 없다.
그림자마저 아른거린다.

귀를 옹호함

안상학

눈은 귀와 코와 혀와 몸의 아픔을 대신 울어 줍니다.
슬픈 소리와 냄새와 맛과 촉감을 눈물짓는 거죠.
눈이 울 때 가끔은 코와 혀와 몸이 같이할 때도 있습니다.
콧물 줄줄 침 질질 가슴 탕탕 말입니다.
그러나 귀는 좀처럼 슬퍼하는 모습을 보이지 않습니다.

그렇다고 귀가 몰인정해서는 아니랍니다.
속으로 속으로만 홀로 울음소리 이명으로 감당하고
눈물일랑 말려서 은근슬쩍 귀지로 바꿔치기하며
아무리 슬퍼도 흔들리지 않게 쓰러지지 않게
저만이라도 안간힘을 쓰고 있어야 한다는 까닭이죠.
누가 봐도 미동도 없이 아주 의젓하게 말입니다.

따뜻한 봄날 무릎베개에 누워 귀를 맡겨 본 사람은 압니다.
슬픔은 그렇게 사각사각 덜어 내는 겁니다.

수라(修羅)

백석

거미 새끼 하나 방바닥에 나린 것을 나는 아무 생각 없이 문밖으로 쓸어 버린다
차디찬 밤이다

어니젠가 새끼 거미 쓸려 나간 곳에 큰 거미가 왔다
나는 가슴이 짜릿한다
나는 또 큰 거미를 쓸어 문밖으로 버리며
찬 밖이라도 새끼 있는 데로 가라고 하며 서러워한다

이렇게 해서 아린 가슴이 싹기도 전이다
어데서 좁쌀알만 한 알에서 가제 깨인 듯한 발이 채 서지도 못한 무척 적은 새끼 거미가 이번엔 큰 거미 없어진 곳으로 와서 아물거린다
나는 가슴이 메이는 듯하다
내 손에 오르기라도 하라고 나는 손을 내어미나 분명히 울고불고할 이 작은 것은 나를 무서우이 달어나 버리며 나를 서럽게 한다
나는 이 작은 것을 고이 보드러운 종이에 받어 또 문밖

으로 버리며

이것의 엄마와 누나나 형이 가까이 이것의 걱정을 하며 있다가 쉬이 만나기나 했으면 좋으련만 하고 슬퍼한다

낙화

이형기

가야 할 때가 언제인가를
분명히 알고 가는 이의
뒷모습은 얼마나 아름다운가.

봄 한철
격정을 인내한
나의 사랑은 지고 있다.

분분한 낙화……
결별이 이룩하는 축복에 싸여
지금은 가야 할 때,

무성한 녹음과 그리고
멀지 않아 열매 맺는
가을을 향하여

나의 청춘은 꽃답게 죽는다.

헤어지자
섬세한 손길을 흔들며
하롱하롱 꽃잎이 지는 어느 날

나의 사랑, 나의 결별,
샘터에 물 고이듯 성숙하는
내 영혼의 슬픈 눈.

개여울

김소월

당신은 무슨 일로
그리합니까?
홀로 이 개여울에 주저앉아서

파릇한 풀포기가
돋아 나오고
잔물은 봄바람에 헤적일 때에

가도 아주 가지는
않노라시던
그러한 약속이 있었겠지요

날마다 개여울에
나와 앉아서
하염없이 무엇을 생각합니다

가도 아주 가지는
않노라심은

굳이 잊지 말라는 부탁인지요

가난한 사랑 노래 — 이웃의 한 젊은이를 위하여

신경림

가난하다고 해서 외로움을 모르겠는가
너와 헤어져 돌아오는
눈 쌓인 골목길에 새파랗게 달빛이 쏟아지는데.
가난하다고 해서 두려움이 없겠는가
두 점을 치는 소리
방범대원의 호각 소리 메밀묵 사려 소리에
눈을 뜨면 멀리 육중한 기계 굴러가는 소리.
가난하다고 해서 그리움을 버렸겠는가
어머님 보고 싶소 수없이 뇌어 보지만
집 뒤 감나무에 까치밥으로 하나 남았을
새빨간 감 바람 소리도 그려 보지만.
가난하다고 해서 사랑을 모르겠는가
내 볼에 와 닿던 네 입술의 뜨거움
사랑한다고 사랑한다고 속삭이던 네 숨결
돌아서는 내 등 뒤에 터지던 네 울음.
가난하다고 해서 왜 모르겠는가
가난하기 때문에 이것들을
이 모든 것들을 버려야 한다는 것을.

인연(因緣)의 집

박지웅

그대를 끝없이 배달하는 바람
나는 한 통의 편지를 받을 때마다
눈물을 날릴 뿐이다
이미 오래전에 세상은 그대를 감추고
바람에 날리던 그대의 긴 머리카락이
오늘도 내 기억에 부딪히는데
그대와 내가 들어선 인연의 집에 바람이 분다
그대가 분다, 사방(四方)이 황량한 사람아

저녁 2

이장희

버들가지에 내 끼이고,
물 위에 나는 제비는
어느덧 그림자를 감추었다.

그윽이 빛나는 냇물은
가는 풀을 흔들며 흐르고 있다.
무엇인지 모르는 말 중얼거리며 흐르고 있다.

누군지 다리 위에 망연히 섰다.
검은 그 양자 그립구나.
그도 나같이 이 저녁을 쓸쓸히 지내는가.

그런 거 아니다

김상혁

나는 사람이 아름답다고 배웠다.

사람은 사람을 도와야 옳다고, 도움을 받으면 감사해야 한다고 배웠다.

생각해 보면 나도 어제 사람을 도왔다.

방과 후 친구 강아지 산책에 동행해서 오랫동안 그의 말을 들어 주었다.

또 며칠 전에는 도서관에 책을 반납하는 김에 친구 책도 함께 가져갔다.

친구들끼리는 서로에게 그렇게 해 주곤 한다.

또 며칠 전에는 어머니의 말을 한 시간이나 참고 들어 주었다.

하지만 아무래도 모든 사람을 도울 수는 없다.

모든 도움이 고마운 것도 아니다.

때로 우리는 자길 싫어하는 녀석을 억지로 돕는 것으로 혹시 그와 친해질지도 모른다 생각하지만

그런 거 없다.

나에게 아름다운 사람은 따로 있다.

동행

문인수

1

그의 지친 모습은 처음 본다. 챙 아래 어두운 저
이마에서일까, 자꾸 배어 나와 번지는 어떤 그늘이 젊은 이목구비와 체격까지 모두
소리 없이 감싸고 있다. 얼굴에, 어깻죽지에 발린 그의 마음인데, 그 표정이
지금은 잠시도 그를 떠나지 않을 것 같다.

빡빡한 일정 탓으로 그의 머리가 너무 무거운 것 같다. 그는 무리해서 일부러 내게 들렀다.
배려에 대해 나는
코미디든 개그든 이 가을 채소처럼 한 광주리 너풀너풀 안겨 주고 싶지만
시간이 이십여 분밖에 없어
내 쪽에서 그만 어둑어둑 물들고 만다.

2

그는 막차로 떠났다. 밤 열 시 사십 분발,

버스에 오를 때 좌석에 앉을 때 내게 손 흔들어 줄 때 그를 밀어 주는, 내려놓는, 한 번 웃는

미색 롱 코트를 걸친 저 기미가 얼른얼른 그를 추스르는 것 본다.

버스가 출발하고…… 보이지 않는다. 육신도 정신도 아니고 이건 또 어디가 부실해지는 것인지

사람하고 헤어지는 일이 늙어 갈수록 힘겨워진다. 자꾸, 못 헤어진다.

숲

정희성

숲에 가 보니 나무들은
제가끔 서 있더군
제가끔 서 있어도 나무들은
숲이었어
광화문 지하도를 지나며
숱한 사람들이 만나지만
왜 그들은 숲이 아닌가
이 메마른 땅을 외롭게 지나치며
낯선 그대와 만날 때
그대와 나는 왜
숲이 아닌가

| 제4부 |

이 하루도 함께 지났다고

묵화(墨畵)

김종삼

물 먹는 소 목덜미에
할머니 손이 얹혀졌다.
이 하루도
함께 지났다고,
서로 발잔등이 부었다고,
서로 적막하다고,

아름다운 위반

이대흠

기사 양반! 저짝으로 조깐 돌아서 갑시다
어칠게 그란다요 뻐스가 머 택신지 아요?
아따 늙은이가 물팍이 애링께 그라제
쓰잘데기읎는 소리 하지 마시오
저번참에 기사는 돌아가듬마는……
그 기사가 미쳤능갑소

노인네가 갈수록 눈이 어둡당께
저번참에도
내가 모셔다 드렸는디

칠월의 또 하루

황인숙

싸악, 싸악, 싸악, 싹싹싹
자루 긴 빗자루로
자동차 밑 한 움큼 고양이 밥을
하수구에 쓸어 버린다
“내가 밥 주지 말라꼬 벌써 몇 번이나 말했나?”
동네 부녀회장이라는 이의 서슬이
땡볕 아래 퍼렇다
나는 그저 진땀 된땀 식은땀을 쏟을 뿐
찍소리 못 하고 선 내게
그이는 빗자루를 땅바닥에 탈탈 털며
눅인 목소리로 말한다
“누구는 고양이 멕인다고 일부러 사다 놓는 밥을
이리 내삐리는 마음은 좋은 줄 아나?
사람 좀 그만 괴롭혀라, 사람이 먼저 살고 봐야지!”
새끼 고양이 두 마리와 함께 어미 고양이
멀리도 달아나지 않고
옆 자동차 밑에서 숨죽이고 있다
내가 어떻게든 해 줄 것을 믿는 듯

흠뻑 젖은 셔츠 아래서
위가 뜨끔거린다
당신은 내게 제정신이 아니라지만
당신도 좀 그렇다

조용한 일

김사인

이도 저도 마땅치 않은 저녁
철 이른 낙엽 하나 슬며시 곁에 내린다

그냥 있어 볼 길밖에 없는 내 곁에
저도 말없이 그냥 있는다

고맙다
실은 이런 것이 고마운 일이다

가방 하나

백무산

두 여인의 고향은 먼 오스트리아
이십 대 곱던 시절 소록도에 와서
칠순 할머니 되어 고향에 돌아갔다네
올 때 들고 온 건 가방 하나
갈 때 들고 간 건 그 가방 하나
자신이 한 일 새들에게도 나무에게도
왼손에게도 말하지 않고

더 늙으면 짐이 될까 봐
환송하는 일로 성가시게 할까 봐
우유 사러 가듯 떠나 고향에 돌아간 사람들

엄살과 과시 제하면 쥐뿔도 이문 없는 세상에
하루에도 몇 번 짐을 싸도 오리무중인 길에
한 번 짐을 싸서 일생의 일을 마친 사람들
가서 한 삼 년
머슴이나 살아 주고 싶은 사람들

해피 버스데이

오탁번

시골 버스 정류장에서
할머니와 서양 아저씨가
읍내로 가는 버스를 기다리고 있다
시간이 제멋대로인 버스가
한참 후에 왔다
— 왔데이!
할머니가 말했다
할머니 말을 영어인 줄 알고
눈이 파란 아저씨가
오늘은 월요일이라고 대꾸했다
— 먼데이!
버스를 보고 뭐냐고 묻는 줄 알고
할머니가 친절하게 말했다
— 버스데이!
오늘이 할머니의 생일이라고 생각한
서양 아저씨가
갑자기 노래를 부르기 시작했다
— 해피 버스데이 투 유!

할머니와 아저씨를 태운
행복한 버스가
힘차게 떠났다

아는 사이

박라연

내 자리는 아직 운전석 옆이다

아는 얼굴부터 면허증을 주는

저쪽을 무면허로 한번 쳐들어가 봐?

말똥거리다가 좌판만 물끄러미

내려다보던 팔순 할머니와 마주쳤다

아픈 풍경들을 만날 때마다 외상 긋는 일

부끄러워 황급히 차에서 내렸지만

겨우 어린 배추 한 단과 무 세 개를 샀다

마수라며 고맙다며

환히 웃는 할머니와 이제 아는 사이다

안면을 더 사고 싶은 나는 장터를 떠도는

뜨거운 눈시울들을 긴 빨대를 꽂고

빨아 마셨다 떨이로 팔아넘길 뻔했던

허기들과 신(神)의 주머니 사정도

오늘만은 나와 아는 사이다

밴드와 막춤

하종오

동남아에서 한국에 취업 온
청년 넷이 밴드를 만들어 연습하다가
저녁 무렵 도심 지하보도에서
처음 한국인들에게 들려주기 위해
공연 준비를 마치자
노인네들이 몰려와 둘러섰다

기타는 스리랑칸 베이스는 비에트나미즈
드럼은 캄보디안 신시사이저는 필리피노
허름한 옷차림을 한 연주자들은
낡은 악기로 로큰롤을 연주했다

노인 한 분 나와서 몸 흔들어 대자
다른 노인 한 분 나와서 몸 흔들어 대고
노파 한 분 나와서 몸 흔들어 대자
다른 노파 한 분 나와서 몸 흔들어 댔다

막춤을 신나게 추던 노인네들은

연주자들이 브루스를 연주하기 시작하자
잠시 얼떨떨해하다가
노인 한 분과 노파 한 분
다른 노인 한 분과 다른 노파 한 분
양손으로 살포시 껴안고
양발로는 엇박자가 나도 돌았다

미소 짓던 동남아 청년 넷은
저마다 고국에 계신 노부모님에게
이런 자리를 마련해 준 적 없었다 싶으니
더 정성껏 연주하고
노인네들은 저마다 자식들이
이런 자리를 마련해 준 적 없었다 싶으니
더 흥겹게 춤을 추었다

산다는 것의 의미

이시영

1964년 도쿄 올림픽을 앞두고 지은 지 삼 년밖에 안 된 집을 부득이 헐지 않을 수 없게 되었을 때의 일이라고 한다. 지붕을 들어내자 꼬리에 못이 박혀 꼼짝도 할 수 없는 도마뱀 한 마리가 그때까지 살아 있었다. 동료 도마뱀이 그 긴 시간 동안 하루도 거르지 않고 먹이를 날라다 주었기 때문이다.*

* 박호성 칼럼, 다산(茶山)포럼, 2007년 1월 11일.

담쟁이

도종환

저것은 벽
어쩔 수 없는 벽이라고 우리가 느낄 때
그때
담쟁이는 말없이 그 벽을 오른다
물 한 방울 없고 씨앗 한 톨 살아남을 수 없는
저것은 절망의 벽이라고 말할 때
담쟁이는 서두르지 않고 앞으로 나아간다
한 뼘이라도 꼭 여럿이 함께 손을 잡고 올라간다
푸르게 절망을 다 덮을 때까지
바로 그 절망을 잡고 놓지 않는다
저것은 넘을 수 없는 벽이라고 고개를 떨구고 있을 때
담쟁이잎 하나는 담쟁이잎 수천 개를 이끌고
결국 그 벽을 넘는다.

벼

이성부

벼는 서로 어우러져
기대고 산다.
햇살 따가워질수록
깊이 익어 스스로를 아끼고
이웃들에게 저를 맡긴다.

서로가 서로의 몸을 묶어
더 튼튼해진 백성들을 보아라.
죄도 없이 죄지어서 더욱 불타는
마음들을 보아라. 벼가 춤출 때,
벼는 소리 없이 떠나간다.

벼는 가을 하늘에도
서러운 눈 씻어 맑게 다스릴 줄 알고
바람 한 점에도
제 몸의 노여움을 덮는다.
저의 가슴도 더운 줄을 안다.

벼가 떠나가며 바치는
이 넓디넓은 사랑,
쓰러지고 쓰러지고 다시 일어서서 드리는
이 피 묻은 그리움,
이 넉넉한 힘…….

외계인이 와야 한다

이영광

콩가루 집안도 옆집과 싸움 나면 뭉치고
툭탁거리던 아이들도 딴 학교랑 축구하면 함께 응원을
한다
딴 동네 딴 도시 딴 지역과 다툼이 나면
한 동네 한 도시 한 지역이 된다

전라도와 사이가 틀어지면 경상도가 된다
경상도에 맞설 때면 전라도가 된다
북한과 다툴 때는 남한이 되고,
월드컵만 열렸다 하면 아우성치는 대한민국이 된다

그러므로 외계인이 쳐들어와야 한다
성간 우주(星間宇宙)를 안마당처럼 누비고 다니는
외계 우주선들의 어마어마한 공습 앞에서
미국과 중국이 손을 잡을 것이다
서방과 아랍이 연대할 것이다
아시아 제(諸) 국가들이 단결할 것이다

외계인이 와야 한다
모든 국경이 폐제되고,
기독교도와 무슬림이 형제가 될 것이다
모든 호모 사피엔스가 하나가 될 것이다
인간과 사자와 뱀과 바퀴벌레 들이
한마음 한뜻으로 스크럼을 짤 것이다

더 큰 적이 나타나고 더 큰 싸움이 나는 수밖에 없나?
외계인이 와야 한다
전 세계 모든 나라가 잿더미가 되지 않을까?
외계인이 와야 한다
전 지구 생명체들이 흔적도 없이 사라지지 않을까?
외계인이 와야 한다

다른 별들에서, 지구촌을 전율에 빠뜨릴 초호화 축구팀들이 공격해 와야 한다
부처나 공자나 예수보다 더 환상적인 외계 스타플레이어들이 와야 한다

은하계 별들이 두두둥둥! 자웅을 가리는
우주 월드컵이 열려야 한다

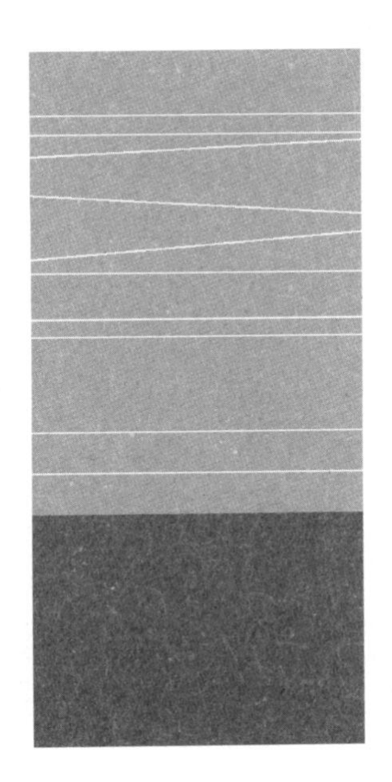

엮은이의 말

모든 것은 관계에 의해서 존재한다

오랫동안 대안학교에서 학생들과 함께 생활하고 있는 교장 선생님 한 분을 만났다. 요즘 청소년들은 행복하지 않다고 하며, 이 점이 청소년들의 가장 큰 문제라고 했다. 공부하는 시간을 줄이고 자유 시간을 많이 줘 봐도 마찬가지라고 했다. 아이들과 함께 생활하며 고찰해 본 결과 그 원인을 아이들이 관계 맺기를 잘 못하는 데에서 찾았다고 한다. 그는 대부분의 아이들이 어려서부터 홀로 자라 가정에서 자연스럽게 체득되던, 관계의 기초인 가족 관계를 학습하지 못하는 데 그 원인이 있는 것 같다고 덧붙였다. 관계를 떠나 살아갈 수 없는 현실에서 관계가 원만하게 이루어지지 않는데 어찌 행복할 수 있겠냐고. 그러니 학생들의 마음에 공감을 일으켜, 관계 맺기의 중요성을 일깨우고 관계를 맺는 힘을 길러 줄 수 있는, 시 읽고 쓰기 수업을 해 달라고 부탁해 왔다.

그 일이 있고 얼마 뒤에 창비교육 관계자를 만났는데, 그는 교장 선생님처럼 청소년들이 관계 맺기에 어려움을 겪는다는 것과 관계의 중요성을 말하더니 이에 도움이 될 만한 시집을 만들고 싶다고 했다. 학교 현장에서 청소년들을 직접 만나는 수십 명의 선생님들이 참여해서 시를 선정하는 작업을 한다고 했고, 그렇게 '관계 시선'은 출발했다.

선생님들이 추천한 수백 편의 시와 전에 읽었던 시집 수백여 권을 다시 읽었다. 마치 세상의 모든 일이 그렇다는 듯 관계를 노래하지 않는 시는 없었다. 이에 먼저 다양한 관계를 어떻게 분류할 것인가를 진지하게 고민했다. 우주의 마음 표현인 봄, 여름, 가을, 겨울을 닮은 사람의 본성, 즉 인의예지로 시들을 분류해 보는 것은 어떨까 하는 의견을 냈다. 논의를 거듭하다 이를 발전시켜 관계의 다양한 양상에 초점을 맞춰 시작하는 관계, 물드는 관계, 밀어 내고 끊는 관계, 포용하고 화합하는 관계로 부를 구성하기로 했다. 시를 정리하다 보니 한 편의 시에 다양한 관계의 양상이 담긴 경우가 많았고, 의외로 1부에 해당하는 시작하는 관계를 노래한 시들이 적음도 발견할 수 있었다. '시인들마저 '관계의 시작'을 노래하기 꺼리는 시대가 된 것일까?' 하는 생각이 들어 쓸쓸해지기도 했다.

부 구성의 선명성을 위해 여러 차례 작품을 교체하며 많은 시간을 투자했으나 원하는 만큼의 선명성을 얻지는 못했다. 이는 아마 우리 앞에 펼쳐진 세계가 뚜렷한 경계를 두고 나뉘어 있는 것이 아니라 겉으로 드러나지 않는 어떠한 관계를 통해 서로 내밀하게 연결되어 있기 때문일 것이다.

우리 시대 관계의 특징은 무엇일까? 과정의 생략이 아닐까. 가령 SNS만 봐도 그렇지 않은가. 새로운 길을 내지 않고 이미 연결되어 있는 소통의 통로를 이용해 우리는 쉽게 관계를 맺고 있는 것 아닌가. 이 경우 관계 맺기의 시작에 망설임이나 설렘이 아무래도 덜한 것은 기정사실이다. 이 간접적이고 익명성이 보장되는 전파의 근육을 빌려 우리가 관계를 맺을 때, 상대의 사랑이 담긴 눈빛이 생략되고, 우정이 묻어나는 악수가, 화려한 꽃의 향기가, 물고기의 비린내가 생략되지 않던가. 온전한 관계 맺기는 대상을 직접 대면할 때만 가능하다. 물론 관계 맺기의 수월성과 광범위성을 인정하지 않는 것은 아니다. 그러나 관계의 길이 건조할 때, 길에 정감이 담겨 있지 않을 때 그 관계 또한 그리되지 않겠는가.

세계는 관계다. 모든 것은 관계에 의해서 존재한다. 한 철학자는 이를 '세계-내-존재'라고 말했고, 불교에서는 '나는 나 아닌 것으로만 만들어져 있다'고 했고, 한 교육학자는 '내 밖에 나를 만든 수많은 내가 있다'고 했다. 현 사회의 관계망을 외면할 수는 없지만 관계의 건강성을 회복하기 위해 우리는 무엇인가 노력해야 할 것이다.

'시를 읽으면 감흥이 생기고 사물을 관찰하게 되며, 사람들과 잘 어울릴 수 있고, 그릇된 일에는 화를 내 그 일을 풀 수 있게 된다. 또 부모와 임금을 섬기고 새와 짐승과 풀과 나무의 이름을 알게 된다. 시를 읽지 않으면 높은 담을 마주 보고 서 있는 것과 같이 된다'고 간파한 공자의 말을 풀면 세상에서 가장 아름다운 법, 은유법을 장착한 시는 관계 맺기의 뿌리다. "돌아가는 것은 무엇이든 / 중심에서 온다." 루미의 시를 빌려 표현해 본다면 우리의 삶을 돌아가게 하는 중심은 분명 관계다.

무엇을 어떤 무엇으로 관계 맺어 표현하는 시를 통해 창의적으로, 건강하게 관계 맺는 훈련을 하며, 공감보다 반감이 드센 일방적 관계의 시대에서 공감을 향해 나아가는 시의 처방을 받아 봄은 어떨는지.

어찌 보면 우리는 최소한의 관계만을 원하며 살고 있는지도 모른다. 이것은 관계의 절제가 아니라 병적 편식이다. 외롭고 쓸쓸한 삶을 살고 있는 현대의 우리들을 위해 특히, 청소년들을 위해, 따뜻한 관계를 복원하는 데에 조금이라도 도움이 되길 간절히 바라며 이 시집을 엮는다.

엮은이를 대표하여 함민복 씀

작품 출처

고영민 「첫사랑」, 『구구』, 문학동네, 2015
곽재구 「처음」, 『와온 바다』, 창비, 2012
길상호 「사람 없는 집 2」, 『오동나무 안에 잠들다』, 걷는사람, 2018
김경미 「다정에 바치네」, 『고통을 달래는 순서』, 창비, 2008
김광균 「은수저」, 『김광균 전집』, 국학자료원, 2002
김미희 「닮음」, 『영어 말놀이 동시』, 뜨인돌어린이, 2019
김사인 「조용한 일」, 『가만히 좋아하는』, 창비, 2006
김상용 「남으로 창을 내겠소」, 『김상용 시 전집』, 고글, 2009
김상혁 「그런 거 아니다」, 『너를 만나는 시 1 — 내가 네 이름을 부를 때』, 창비교육, 2019
김선우 「견주,라는 말」, 『녹턴』, 문학과지성사, 2016
김소월 「개여울」, 『김소월 시집』, 하서, 2006
김영랑 「어덕에 누워」, 『김영랑 시집』, 범우, 2011
김용택 「새들이 조용할 때」, 『수양버들』, 창비, 2009
김종길 「성탄제」, 『성탄제』, 삼애사, 1969
김종삼 「묵화」, 『십이음계』, 삼애사, 1969
김주대 「가족의 시작」, 『그리움의 넓이』, 창비, 2012
김춘수 「꽃」, 『부다페스트에서의 소녀의 죽음』, 춘조사, 1959
나태주 「풀꽃 1」, 『꽃을 보듯 너를 본다』, 지혜, 2015
도종환 「담쟁이」, 『당신은 누구십니까』, 창비, 1993
문인수 「동행」, 『적막 소리』, 창비, 2012
문정희 「괄호」, 『귀연: 문정희의 사랑의 시』, 고요아침, 2009
박라연 「아는 사이」, 『빛의 사서함』, 문학과지성사, 2009
박목월 「아버지와 나」, 『귀뚜라미와 나와』, 보리, 1999
박지웅 「인연의 집」, 『구름과 집 사이를 걸었다』, 문학동네, 2012
박 철 「그대에게 물 한잔」, 『사랑을 쓰다』, 열음사, 2007
반칠환 「이기주의」, 『웃음의 힘』, 지혜, 2012
백무산 「가방 하나」, 『거대한 일상』, 창비, 2008

백　석　「수라」, 『백석 전집』, 실천문학, 2011

서정홍　「산골 아이 구륜이 3」, 『못난 꿈이 한데 모여』, 나라말, 2015

손택수　「흰둥이 생각」, 『나의 첫 소년』, 창비교육, 2017

신경림　「가난한 사랑 노래 — 이웃의 한 젊은이를 위하여」, 『가난한 사랑 노래』, 실천문학, 2013

안도현　「간격」, 『너에게 가려고 강을 만들었다』, 창비, 2004

안상학　「귀를 옹호함」, 『그 사람은 돌아오고 나는 거기 없었네』, 실천문학, 2014

오탁번　「해피 버스데이」, 『우리 동네』, 시안, 2010

유병록　「식구」, 『너를 만나는 시 1 — 내가 네 이름을 부를 때』, 창비교육, 2019

유안진　「키」, 『그리움을 위하여』, 자유문학사, 1991

윤동주　「소년」, 『하늘과 바람과 별과 詩: 육필 원고 대조 윤동주 전집』, 서정시학, 2010

이대흠　「아름다운 위반」, 『귀가 서럽다』, 창비, 2010

이문재　「농담」, 『제국호텔』, 문학동네, 2004

이　상　「최후」, 『정본 이상 문학 전집』, 소명출판, 2009

이성부　「벼」, 『우리들의 양식』, 민음사, 1974

이시영　「산다는 것의 의미」, 『우리의 죽은 자들을 위해』, 창비, 2007

이영광　「외계인이 와야 한다」, 『끝없는 사람』, 문학과지성사, 2018

이장근　「어쩜 우린」, 시요일스쿨(www.siyoilschool.com)

이장희　「저녁 2」, 『봄은 고양이로다』, 아인북스, 2017

이형기　「낙화」, 『이형기 시 전집』, 한국문연, 2018

정지용　「호수 1」, 『정지용 전집 1 시』, 민음사, 2003

정호승　「수선화에게」, 『외로우니까 사람이다』, 창비, 2021

정희성　「숲」, 『저문 강에 삽을 씻고』, 창비, 1978

조용미　「가을밤」, 『기억의 행성』, 문학과지성사, 2011

조향미　「두 친구」, 『그 나무가 나에게 팔을 벌렸다』, 실천문학, 2006

채호기　「내 머릿속에」, 『슬픈 게이』, 문학과지성사, 1994

하종오　「밴드와 막춤」, 『입국자들』, 산지니, 2009

황인숙　「칠월의 또 하루」, 『못다 한 사랑이 너무 많아서』, 문학과지성사, 2016

이 책을 엮는 데 도움을 주신 선생님들

고미정 강원 춘천 봄내중학교
고은자 광주 유덕중학교
김방울 경기 화성 석우중학교
김애리 경기 하남 미사강변고등학교
김은진 경기 고양 일산대진고등학교
김정은 강원 춘천 가정중학교
김정희 서울 창덕여자고등학교
김지연 경기 수원 영덕고등학교
김진영 경기 광명 운산고등학교
김호임 서울 영원중학교
김효년 전북 군산중앙여자고등학교
문다경 경기 부천 상일고등학교
문정화 경기 고양 백신고등학교
민태홍 경기 안산 경안고등학교
박우석 대구 강북고등학교
백주희 경기 수원 영덕고등학교
서형오 부산 지산고등학교
성귀영 경기 화성 안화고등학교
안선옥 광주 용봉중학교
안수정 부산 부산서여자고등학교
양승현 광주 월곡중학교
엄송희 경기 하남 미사강변고등학교
오민영 경기 하남 미사강변고등학교
오수정 경기 고양 중산고등학교
옥오화 강원 춘천 남춘천여자중학교
윤아름 부산 대동고등학교
이경미 경기 시흥 연성중학교
이민수 서울 삼정중학교
이병택 서울 구로중학교
이병학 강원 춘천 강원대학교 사범대학부설고등학교
이상민 서울 삼정중학교
이상원 서울 영일고등학교
이성균 경기 시흥 함현고등학교
이율아 광주 광주과학고등학교
이정희 경기 시흥 장곡고등학교
이현주 전북 남원서진여자고등학교
임미연 광주 조선대학교여자고등학교
임초영 강원 강릉 강일여자고등학교
임혜진 세종 도담중학교
정유리 경기 고양 저현고등학교
정형근 서울 정원여자중학교
조미숙 광주 신광중학교
추연석 전북 전주고등학교
홍용표 서울 성심여자고등학교
황인복 경기 안성여자중학교

창비청소년시선 21
너를 만나는 시 1
내가 네 이름을 부를 때

초판 1쇄 발행 • 2019년 9월 5일
초판 5쇄 발행 • 2022년 7월 4일
개정판 1쇄 발행 • 2023년 6월 1일
개정판 3쇄 발행 • 2024년 10월 15일

엮은이 • 함민복 김태은 육기엽
펴낸이 • 황혜숙
편집 • 서대영 한아름
펴낸곳 • (주)창비교육
등록 • 2014년 6월 20일 제2014-000183호
주소 • 04004 서울특별시 마포구 월드컵로12길 7
전화 • 1833-7247
팩스 • 영업 070-4838-4938 / 편집 02-6949-0953
홈페이지 • www.changbiedu.com
전자우편 • contents@changbi.com

ISBN 979-11-6570-204-5 44810